Le dodo
des animaux

Données de catalogage avant publication (Canada)

Tibo, Gilles, 1951-

Le dodo des animaux

Pour les enfants de 3 à 8 ans.

ISBN: 2-7625-8423-X (version souple)

ISBN: 2-7625-8644-5 (version rigide)

I. Titre.

PS8589.I26D63 1996   jC843'.54   C96-941058-1

PS9589.I26D63 1996

PZ23.T52Do 1996

Direction artistique: Dominique Payette

Conception graphique: Diane Primeau

Dépôts légaux: 4e trimestre 1996

Bibliothèque nationale du Québec

Bibliothèque nationale du Canada

ISBN: 2-7625-8423-X (version souple)

ISBN: 2-7625-8644-5 (version rigide)

Imprimé au Canada

Les éditions Héritage inc.

300, rue Arran, Saint-Lambert (Québec) J4R 1K5

Téléphone: (514) 875-0327

Télécopieur: (514) 672-5448

Courrier électronique: heritage@mlink.net

Les éditions Héritage inc. remercient le Conseil des Arts
du Canada du soutien accordé à leur programme
d'édition dans le cadre du programme des subventions
globales aux éditeurs.

Imprimé par Payette & Simms inc.

Saint-Lambert (Québec)

Le dodo des animaux

Texte : Gilles Tibo
Illustrations : Sylvain Tremblay

Héritage
jeunesse

Le soir avant de se coucher, des milliers
d'enfants dans le monde posent la même question :
comment dorment les animaux ?
Nous avons réuni une équipe de spécialistes pour
tenter de résoudre cette énigme. Une longue recherche,
appuyée sur de solides bases scientifiques, nous a permis
de faire des découvertes incroyables que nous
vous livrons aujourd'hui.
Nous demandons aux éducateurs, aux parents
et aux enfants de tourner délicatement les pages de
ce livre et de ne pas faire trop de bruit.
Certains animaux ont le sommeil léger...

Le poisson rouge

est un bel exemple de débrouillardise et d'ingéniosité. Il a aménagé une véritable chambre à coucher dans un vieux pot de verre. Ce frileux petit poisson a tout prévu. Si l'eau se rafraîchit pendant la nuit, il se glisse sous une couverture. Si l'eau devient trop froide, il en ajoute une autre. Emmitouflé dans son lit, il s'endort en rêvant aux ours polaires qui dorment sur les banquises.

L'ours polaire

déteste les soirs de canicule.
En été, toujours recouvert de son
épaisse fourrure blanche, il retire de gros morceaux
de glace du congélateur pour se fabriquer un lit.
En hiver, au comble du bonheur, il dort la
fenêtre grande ouverte, surtout lors d'une tempête
de neige. Il ne rêve jamais de s'étendre au
soleil comme un lion.

Le lion,

roi des animaux,
prend beaucoup de temps pour
se préparer à dormir. Il enlève et coiffe sa grosse
perruque, astique sa couronne et dépose
délicatement ses belles canines dans un verre d'eau.
Avant de se glisser entre les draps royaux, le lion
inspecte les lieux. Il regarde sous le lit royal, au fond
de la garde-robe royale et dans tous les tiroirs du
bureau royal. Lorsqu'il a chassé toutes
les souris, il peut enfin dormir
comme un roi.

Les souris

dorment toutes dans
la même chambre sur différents
lits superposés. Défendu de rire, de parler,
de chanter, de sautiller, de ronfler et de
grignoter des bonbons, des biscuits ou du
fromage. Selon la tradition, c'est la dernière souris
levée qui fait le lit de toutes les autres...
Elle se trouve très chanceuse de
ne pas dormir avec des
éléphants !

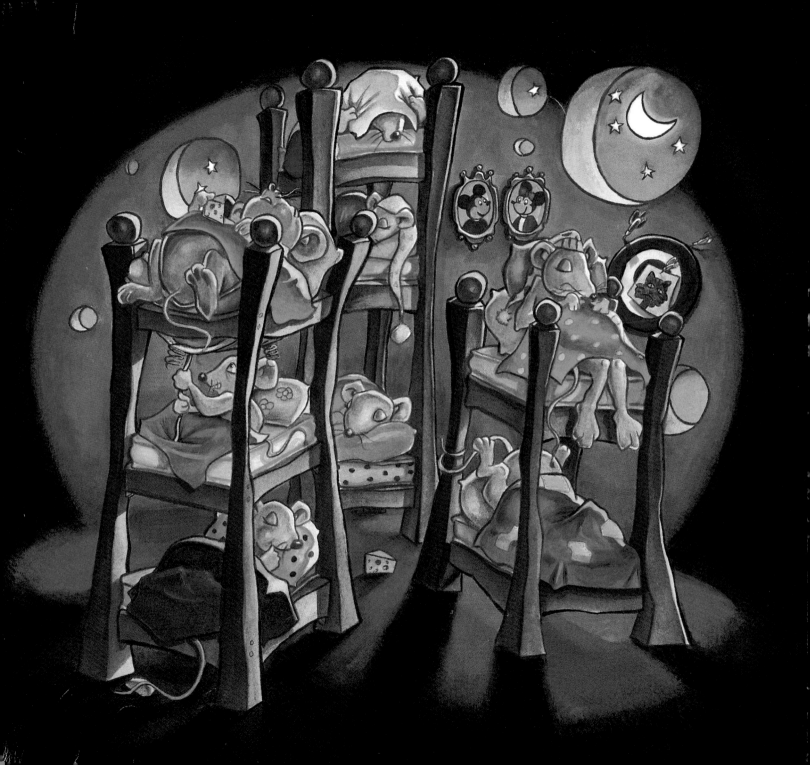

L'éléphant

dort de plusieurs façons.
On a déjà vu un spécimen dormir
dans un trou de souris. Il faut préciser que
c'était le trou d'une souris géante et
qu'il s'agissait d'un tout petit éléphanteau.
En s'endormant, l'éléphant se demande toujours :
« Dois-je mettre ma trompe sous mon oreiller,
sous le lit ou sur une tablette ? » S'il le
pouvait, il échangerait volontiers sa
trompe contre le long cou
de la girafe.

La girafe

dès son jeune âge,
a besoin de plusieurs
oreillers pour soutenir son très long cou.
Plus elle grandit, plus elle ajoute
d'oreillers. La girafe adulte doit poser sa tête sur
vingt, excusez... sur dix-neuf oreillers
pour ne pas souffrir de torticolis.
Elle aimerait bien dormir allongée
comme le serpent.

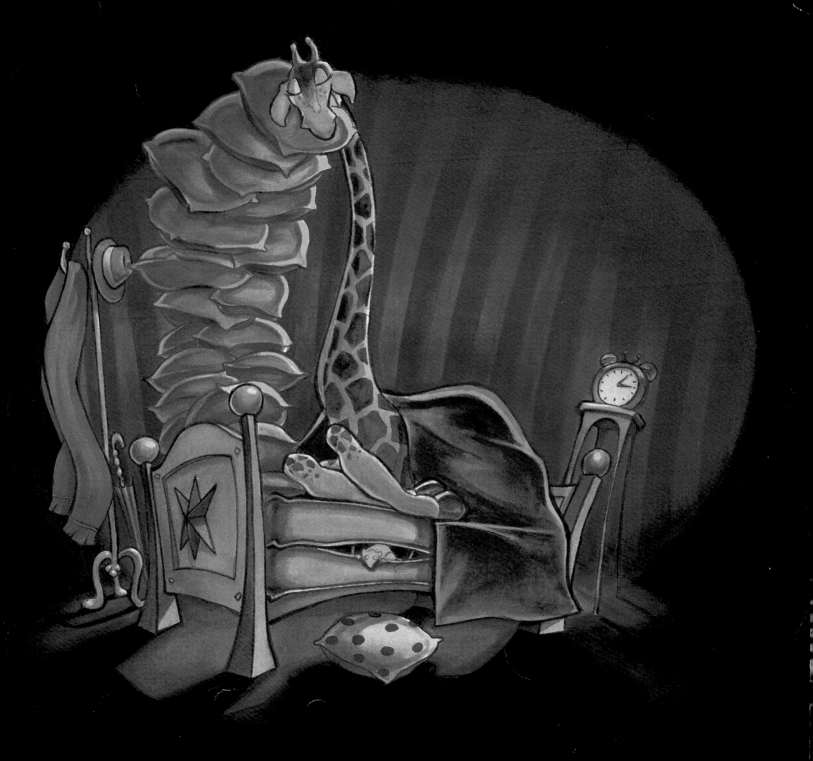

Le serpent

passe la journée à chercher
un bout de tuyau pour dormir. Dans
un grand tuyau, il se sent perdu.
Dans un petit tuyau, il dépasse de chaque
bout. Alors, il a froid au nez et aux pieds et attrape
de vilains rhumes. Il tente souvent de se rouler
en boule, de se pelotonner,
mais il ne deviendra jamais aussi
trapu qu'une tortue.

La tortue

ferme lentement ses volets
et verrouille lentement les serrures
avant de monter lentement dans son lit. Elle se
couche lentement sur le dos, lentement sur le ventre
ou lentement sur le côté, au gré de ses lentes humeurs.
Cachées au fond de leur carapace, les gentilles
petites tortues s'endorment lentement
et rêvent lentement de se transformer en
très méchants crocodiles.

Le crocodile

enlève ses dentiers
tous les soirs. Il inspecte et brosse
patiemment chacune de ses 66 dents, soit
33 sur le dentier du haut et 33 sur le
dentier du bas. Ensuite, il dépose ses jolis dentiers
dans un verre d'eau. Puis il brosse ses
ongles d'orteils, heureux de ne pas
être un mille-pattes.

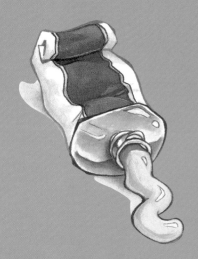

Le mille-pattes

doit retirer ses 1000
pantoufles avant de s'allonger
dans son lit. Il les remet pour aller faire pipi
et les retire encore avant de se recoucher.
S'il a encore envie pendant la nuit, il se retient, ou
il va aux toilettes nu-pieds en se gelant les 5000 orteils!
Lorsqu'ils se lèvent la nuit, les mille-pattes
craignent toujours de se faire dévorer
par des perroquets.

Les perroquets

ont une façon bien particulière de dormir. Ils ne ferment pas leur bec de la nuit. Ils parlent pendant leur sommeil. Ils racontent leurs rêves et leurs cauchemars. Ils s'ébattent, gesticulent, ronflent, crient et chantent des chansons à tue-tête. Ils empêchent tous les voisins de dormir. Surtout les moutons, qui ont l'oreille sensible.

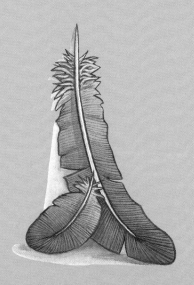

Le mouton

a toujours beaucoup
de difficulté à s'endormir.
Pour y arriver, il passe de longues heures à
filer sa laine et à tricoter... une maille
à l'endroit... une maille à l'envers... une maille
à l'endroit... une maille à l'envers... S'il ne réussit pas
à trouver le sommeil, il essaie de compter des
enfants : des blancs, des noirs, des
jaunes, des rouges, des verts et même
des enfants arc-en-ciel.

Presque partout
sur la terre, les enfants dorment
en se blottissant contre leur animal préféré...
en peluche. Nous avons vu un petit Inuit
avec un dromadaire, un Africain avec un pingouin,
une Américaine avec un zèbre, une Chinoise
avec un kangourou et un Australien
avec un ours...

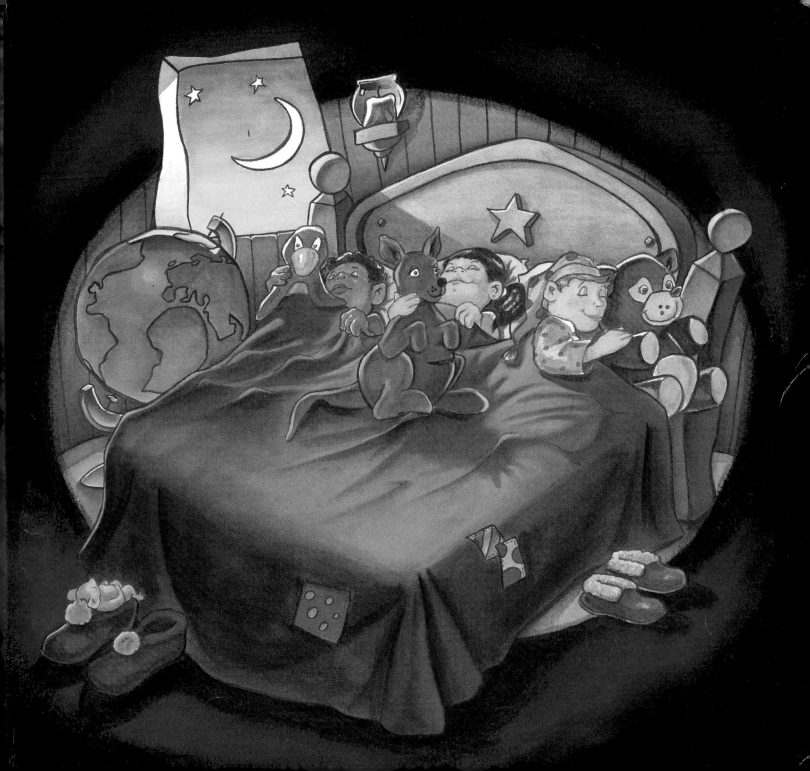

Et toi ?
Comment dors-tu ?